龙神争夺对战记

[日]广岛玲子 / 著　[日]小松真也 / 绘

王昕昕 / 译

序章

有时候,性格和喜好完全不同的两个人相处起来竟然非常合拍。或许,这样的两个人也能成为我们所说的"好朋友"。

正在读小学四年级的拓真和伸介就是这样一对好朋友。

拓真个头小,性子急,最喜欢运动类的游戏。

伸介个头大,性子慢,心灵手巧,做事非常专注。

虽然俩人一点儿相似的地方都没有,但只要在一块儿,他们就玩得很开心,总是笑容满面。

他俩从没吵过架。

直到有一天……

"那家伙,哼,我再也不跟他做朋友了。"

拓真气呼呼地把脚边的小石子踢飞了出去。

今天,他和好朋友伸介大吵了一架。

最开始是因为粗枝大叶的拓真不小心把伸介的手工作品弄坏了。

不过,那不是一件简单的手工作品,是伸介花了一整个夏天才做好的房屋微缩模型。

模型非常精美,就连里面的家具和照明灯之

类的，都做得很精致。

"做得真漂亮！来，我们把它摆在教室里最显眼的地方。"

伸介听班主任这么说，开心极了。

拓真也为伸介感到骄傲。

"怎么样？这可是我的好朋友自己做的，很厉害吧！"

拓真想让更多人知道伸介有多棒，于是把其他班的同学也拉过来参观。

"看，这里！这扇窗户还能打开。还有，里面的厨房更厉害。"

拓真把手伸进模型，想打开里侧的门，好好展示一下厨房。

可是，也许是他使的力气太大了，那扇门竟然一下子被拽了下来。

"糟了！"

拓真慌忙把手缩回来,谁知又不小心碰到了里面的墙壁。吱呀!一道骇人的声响传来,模型里面的墙壁坍塌了。不仅如此,天花板上的吊灯和架子上的小物件也纷纷掉落下来。

一眨眼,精美的模型变成了一片"废墟"。

看着自己闯下的大祸,拓真不知所措地僵在了原地。

这时,拓真听到身后有人倒吸了一口气。

"啊……"

拓真回过头,看到伸介脸色苍白地站在那里。拓真的心像被人揪着一样,特别难受,他一个劲儿地向伸介道歉。

"对不起!真的对不起!"

"……"

"我真不是故意弄坏的,是我太用力了。对不起,伸介。"

"……不用说了,这也没办法。没关系,反正还可以修补。"

伸介冷着脸说道。拓真以为伸介原谅了他,心里松了口气:

"太好了!没事了。我跟伸介还跟以前一样是好朋友。"

可是,这么想的只有拓真自己,伸介心里还是非常生气。

接下来的数学课上,小测试的卷子发下来的时候,拓真看着自己的分数沮丧不已。这时,伸介对他说:

"满分一百分能考十五分,也是很厉害呢,即使是特意想考出这样的分数都很难哪。你做题的时候总是不把题目全部看完就开始答,这样可不行啊。像你这样的急性子,长大以后可很难找到什么像样的工作。"

这番伤人的话,一点儿都不像伸介会说出来的。他边说还边炫耀似的把自己的卷子翻得哗哗响,那上面的分数是九十六分。

从自己最好的朋友口中听到自己最不愿意听的话,拓真生气极了。所以,他不假思索地顶了

回去。

"没关系呀,我以后要当杂技演员。能发挥自己的特长做擅长的工作,就好啦。我跟某些人可不同,我跑步快,动作敏捷而且反应迅速。倒是伸介你,是不是该减减肥了?"

"……你是说我胖?"

"哎呀,我可没想说得那么直白。呵呵!"

"哼!"

"怎么,没话说了吧?"

"跟单细胞生物说什么都是浪费时间。"

"什么,你说我是单细胞生物?!"

"咦,你好像还能听懂一点儿人类的话呢。"

之后,两人你来我往一番唇枪舌剑,都忘了

他们还在课堂上，居然吵到互相撕扯起来。

最后是老师把他们拉开了。放学后，他们都被老师留下来狠狠地教育了一通。所以，两人回家的时候已经很晚了。

可惜，不管是老师苦口婆心的劝导，还是分分秒秒过去的时间，都没能让拓真的心情平静下来。

"伸介那家伙，怎么回事！我又不是故意的，而且我也好好道歉了，他怎么还能做出那样的事呢！我再也不想和他做朋友了，我要跟他绝交。不管怎么说，都是他不好。虽然刚开始是因为我不小心弄坏了他的东西，可是我已经道过歉了。要是伸介主动来找我道歉的话，我还可以原谅他。不过……那家伙是个死脑筋……要是我们一直就这样互相不说话，那会变成什么样呢？"

想到这里，拓真突然心慌意乱起来。

不过，他很快又恢复了镇定。

"那也没什么，那样我反而更轻松！打起精神来，这又不是我的错！"

拓真不由得把心里的话说了出来。就在这时，"哈哈哈"，一阵轻笑声传来。

"难道是谁在笑话我吗？"

拓真一脸诧异地抬起头，接着被眼前的景象惊呆了。不知何时，他来到了一条陌生的商业街。

虽说是条商业街，但大部分店已经关门了，街上一个行人都没有。整条街寂静无声，仿佛被施了沉睡魔法。

只有拓真面前的那家店还开着，门口的招牌上写着"解忧旅行社"。

"是旅行社吗？可这名字真是奇怪。"

拓真心里琢磨着。

等看到这家店的橱窗上贴着的海报时，他觉得更加奇怪了。

有什么"魔兽牧场之旅""惊险刺激！夜间探秘梦魇村神秘屋！""童话世界公主体验之旅！可参加舞会"，还有"三天两晚丛林探险——终极求生挑战，不提供餐食""乘坐飞毯进入天方夜谭之地！住宿酒店：三星级'魔灯酒店'""与森林中的精灵们一起露营"……

"这些肯定都是故意搞怪做出来的海报。"

虽然这样想着，拓真却被其中的一张海报吸引了。

那张海报上画着一条威风凛凛的巨龙。巨龙身上的翡翠色龙鳞散发着绚丽夺目的光芒，令人感觉庄严而神圣。巨龙脚下聚集着两群人：左边那群人穿着黄色的衣服，正在翩翩起舞；右边那群人穿着蓝色的衣服，正在向巨龙展示宝物。

海报的下方写着这样一段话：

"龙神节比赛！龙神节是向龙神祈愿风调雨顺、五谷丰登的节日。两个村子在这一天进行比赛，展示各自最满意的作品。哪个村子的作品更合龙神的心意，那个村子就能得到龙神的帮助。如果你能帮助所在的村子在龙神节比赛中获胜，那么你的愿望也将会实现。"

看上去很有意思，特别是最后一句话，一下子打动了拓真。

"'你的愿望也将会实现'……如果是真的，也许能让伸介主动来道歉。这样我跟伸介就能和好，又可以做好朋友了。"

很快，拓真满脑子就只剩下这一个想法，无暇顾及其他了。

所以，当那位长得像猫头鹰一样的老爷爷从店里走出来，对他说"你对这条旅行路线感兴趣

的话,我可以马上为你准备"的时候,拓真迷迷糊糊地就点了点头。

老爷爷身上穿着褐色套装,外加茶色棉坎肩。他笑起来的声音简直跟猫头鹰一模一样。

"哈哈哈,好的!本人范瑙终杰者这就为你准备旅行契约。来,请进!"

这家店里摆放着一台巨大的、看上去有些怪异的"地球仪"。墙上贴满了海报和传单,柜子里也被堆得满满当当的。拓真在店里正四下张望着,那位名叫范瑙终杰者的老爷爷已经很快将契约拟好,拿给了他。

解忧旅行社

1218 号

龙神节比赛

旅行目的地： 翠星山

寄宿处： 西边的琥珀村

目标： 实现自己的愿望

签约旅客：

"你看内容是否可以？如果确认好了，请在最下面一行签上名字。"

拓真毫不犹豫地在递过来的契约上签了名，因为他真的很想让伸介主动来道歉，这样他们就能和好了。

范瑙终杰者笑眯眯地看着拓真，说道：

"完美！这样契约就成立了，你赶紧出发吧。放心，我会给你派一位向导。旅途中有任何事，你都可以问它。看，就是这家伙。"

说着，他往拓真手里塞了一根羽毛。那羽毛颜色奇特，似灰又似乳白。把它握在手中，一股暖流便在掌心蔓延开来。

可是，这根羽毛到底算怎么回事？"这家伙"又是什么？

还没等拓真开口问，范瑙终杰者已经将店里摆放着的那台巨大的"地球仪"飞快地转动起来。

"旅途愉快！玩得开心！"

拓真甚至都没听清范瑙终杰者的话，在"地球仪"转起来的那一刻，不知怎么回事，就两眼一翻晕了过去。

"这绝对不可能。我一定是在做梦。"

拓真反复地嘟囔着。

就在刚才,他醒了过来。然后,他就一直在对自己说这是梦。

这也难怪,因为他此刻正站在一座山峰上。

他明明应该在解忧旅行社,但是那家店消失了,范瑙终杰者也不见了。拓真所在的山峰坐落在群山之间,这里生长着茂密的树木,向下望去满眼都是绿色。拓真能闻到泥土的气息,还能听到或远或近的鸟叫和虫鸣声。

拓真不知道自己为什么会出现在这个地方。尽管他感到惊慌,但他想不管怎样先得下山去。虽然他并不恐高,但是站在这么高的地方,确实让他难以平静。

可是,他四处看过之后,很是失望。这座山是笔直的,就像一座塔一样,四周都是光溜溜的悬崖峭壁,几乎没有一处能让手脚攀附的地方。单靠拓真自己的力量肯定下不去。

"怎……怎么办? 这时候,如果伸介在的话,他会怎么做呢?他会冷静耐心地分析情况,然后想出逃脱的办法吧?"

拓真不由自主地想到了伸介。

"真是的,为什么会想到他呢?伸介是个恐高又胆小的家伙,他肯定怕得只会哇哇地哭。"

拓真气呼呼地说道。这时，一只鸟儿从空中飞了过来。

它几乎无声无息地降落在了拓真面前。拓真目不转睛地盯着它看，这只鸟儿的体形比麻雀和燕子大得多，身高有三四十厘米的样子。它从头到后背都是灰褐色的，胸前是浅咖啡色的，上面还有许多褐色的斑点。它的眼睛又圆又大，眼球是漂亮的黄色。

它身上最明显的特征是头顶上有两个凸起，像是长着两只角，看上去特别可爱。

"猫头鹰？啊，有角的话……"

鸟儿径直看着自言自语的拓真，开口道：

"确切地说，我是猫头鹰中的长耳鸮。"

"什么？"

谁在说话？鸟儿说话了？长耳鸮？拓真脑子里一片混乱，砰地拍了一下自己的头。

"不好,我得醒过来。这么奇幻的梦,快结束吧。"

鸟儿看着拓真,不紧不慢地继续说道:

"这位旅客,请清醒一点儿。这可不是梦,这是解忧旅行社为你安排的旅行。"

"什么?"

拓真还没回过神来,鸟儿已经开始细细讲述起来。

鸟儿的名字叫小金,是解忧旅行社的店员。解忧旅行社安排的旅行都是为了帮助旅客解除烦忧。这里是异世界,拓真只有完成任务,才能回原来的世界。

虽然小金的话听起来匪夷所思,但即便拓真思绪很混乱,也相信它说的是真的。

"也就是说……我现在是在另一个世界?解忧旅行社是一家有魔法的店?"

"嗯,是的。这是我们此次旅行的任务,请确认一下。"

小金灵巧地用嘴将绑在腿上的小小的纸卷衔下来展开,递给了拓真。那上面是这样写的。

看完纸卷上的内容,拓真回头看着小金,不解地问道:

"第一个和第三个任务我多少能明白,但是……月琥珀是什么东西?"

"月琥珀是我们接下来要去的琥珀村的特

产，是一种糯糯的、里面裹着糖浆的、丸子形状的年糕。因为年糕外面是白色的，里面的糖浆是黄色的，所以叫月琥珀。"

"哦，听上去很好吃的样子。"

拓真很想尝一尝月琥珀。他有了食欲，人也精神了。

虽然不知道事情为何会发展成现在这样，但是既来之则安之，就当是一次冒险好了。如果能完成那些任务的话，他不仅能回到原来的世界去，还能把烦忧解除。

这么一想，拓真一下子鼓足了干劲，使劲点了点头。

"我接受任务。我会好好加油的！不过……大概需要多长时间呢？如果回去得太晚，我妈妈会生气的。"

"没关系的，这个世界跟原来的世界相比，

时间流速很不一样。即使在这里待上好几天,在原来的世界里也只不过是过去了几分钟而已。"

"哇,这么神奇!"

"是的。所以,我们现在要赶快去琥珀村,在那里住下。琥珀村就在这座翠星山的山脚下,在西边方向,离这里不远。"

拓真刚兴冲冲地站起来,突然想起了自己所在的位置,又怯怯地蹲了下去。

"那我们得先想出从这里下山的办法。现在的话,我们哪儿也去不了。"

"哎呀,是我疏忽了。"

小金想要掩饰似的眨了眨眼睛。

"抱歉,我之前就应该先跟你讲一下魔法道具的事。"

"魔法道具?"

"是的。对于一些任务难度高的旅行,解忧

旅行社会给旅客提供一个魔法道具。看，你的道具已经在你的脚上了，就是那双鞋。"

"鞋？"

拓真惊讶地看着自己脚上的鞋，眼睛瞪得溜圆。不知何时，他的脚上穿上了一双从没见过的鞋子。鞋子是黑色的，上面用金线绣着龙和祥云，非常漂亮。

不仅是鞋子，就连他身上的衣服也换了风格，颜色是鲜艳的黄色和翡翠色。

"咦，什么时候换的？这是什么？戏服吗？"

"在这个世界，大家都穿这样的衣服。你原来的衣服在这里太显眼了。"

"我原本穿的上衣是我特别喜欢的一件……"

"放心吧。等回到原来的世界,你的衣服会换回去的。快,站起来,我们出发。"

"好。不过,我就算想走,也没法从这儿下去哇。"

小金突然像想起了什么似的,不好意思地低下了头。

"哎呀,我忘了跟你讲魔法道具的使用方法,又疏忽了。要是小银在的话,肯定会安排得井井有条。小银是我的双胞胎妹妹。它不在身边,我什么都干不好。"

"哦,这样啊。"

"嗯。你穿的鞋子叫作天舞鞋。顾名思义,穿上这双鞋能让人身轻如燕,腾空飞舞。所以,现在对你来说,只要一会儿工夫就能从这座山上下去。"

"……真的吗？"

"当然是真的。虽然我有些粗心大意，但是从来不说谎。请相信我。"

"……"

"一下子有些不适应吧？这样，你先试着跳一下，就能马上知道天舞鞋的厉害了。"

在小金的劝说下，拓真试着轻轻地跳了一下。结果，他就像踩在了蹦床上一样，弹起来足足有三米左右。

"哇，这双天舞鞋太神奇了！我才用了一点儿力气而已。"

"我说得对吧？知道它的厉害了吧？现在你的身体就像羽毛一样轻盈，所以，下山肯定没问题。体验一下飞檐走壁的感觉吧，我们下山。"

"好！"

拓真只能选择相信了。他从山顶往下看了

看，这里真的很高，他的双腿都快发抖了。但是，他必须克服心里的恐惧，如果这样就退缩的话，以后杂技里那些空中秋千之类的经典动作就不用想了。

于是，拓真下定决心，迈开了步子。

他感觉自己不是在往下走，而是在奔跑。他的脚一蹬岩壁，马上就跃到了下一处。

"呀呀呀呀！"

拓真忍不住惊叫起来。尽管如此，他还是脚步不停地拼命跑着。脚踩在岩壁上的时候，他的身体就像飘浮在空中一样，一点儿都没有下坠的感觉，又像是在水中自由自在地游动。

这样一来，拓真心里的恐惧感消失了，甚至变得兴奋起来。

"真有意思！我的身体变得这么轻啊。"

就这样，拓真顺利地下了山。

"这双鞋真是太厉害了,真好用!"

"是吧,我说得没错吧?"

小金附和着,飞过来落在拓真的肩膀上。

"这个魔法道具对你来说再合适不过了。唉,都怪我跟你说得太迟了。每次我妹妹都说我太散漫了。如果它也跟我们一起就好了。"

"你们很要好呢。"

"是呀,我们是双胞胎,我最喜欢妹妹了。"

看着小金欢喜地说着小银,拓真有些羡慕。小金可以大大方方地说出来自己最喜欢小银,拓真却跟好朋友吵了架,都不敢提他的名字。这么一比,拓真心里不免泛起了酸楚。

不过,拓真绝对不会承认自己的想法。

他把伸介的事从脑海中挥去,对小金说:

"我们去村里吧。"

这时,附近的树丛沙沙地晃动起来,两个男人和一个女人走了出来。三人都穿着和拓真差不多的衣服,腰间系着黄色的腰带,头发扎成一个圆髻。

拓真还在惊愕中,三人已面带惊喜,径直向他走来。

"欢迎!欢迎!"

中年男子率先开口。接着,女人和年轻男子也连声说道:

"我们一直在等待你出现。终于等到了!"

"真是太高兴了。"

他们的声音难掩激动。

听三人说完,拓真瞪大了眼睛,小声说道:

"那个……你们认错人了吧?"

"不可能,怎么会认错呢?我们看到你像鸟儿一样从那座山峰上飞下来。"

"而且,你穿着翡翠色的上衣,身边还有一只猫头鹰,简直跟预言说的一模一样。"

"预言?"

"是的。预言说,有一天,一个来自异世界的探索者会来到这里。他身穿翡翠色的上衣,有猫头鹰相伴,如风般轻舞飞扬。他的到来将解决多年的纷争,让村子获得永久的胜利。"

"啊,太高兴了!龙神节就快到了,可我们村领舞的姑娘却受了伤,我们还以为这次比赛输定了,没想到你在这样的关头出现了。"

"而且,你的身姿如此轻盈!今年的胜利一定属于我们!"

三人激动不已。

拓真觉得很不自在,心里发慌。他还是个孩子,几个陌生的大人却对他寄予如此厚望,怎么看都有些怪诞。不过,他确实感受到了他们多么看重龙神节。

拓真犹豫着,轻声问站在肩膀上的小金:

"他们是?"

"他们系着黄色腰带,应该是琥珀村的村民。那个村子里的人喜欢系黄色腰带。"

"琥珀村就是我要寄宿的村子吧?"

"对,正好让他们带我们一起去。他们肯定愿意。"

小金说得很对。拓真刚开口问可不可以带自

己一起回村里,年轻男子就兴冲冲地说:

"当然可以!那我先走一步回村里去,把你要来的事告诉大家。对了,敢问你尊姓大名?"

"我叫拓真。"

"啊,拓真,名字真好听。那我先走了。"

说完,他向茂密的丛林走去。

"我们也出发吧,这边请。"

在山间走的路上,两位村民给拓真讲了许多事,让拓真对这里的情况有了大概的了解。

这座山叫翠星山,山脚下有两个村子。西边的村子叫琥珀村,村民能歌善舞;东边的村子叫青玉村,村民擅长陶艺手工。

两个村子常年交恶。因为彼此仇视,两个村子的村民平常几乎不来往,只在夏末的龙神节这天碰面。

龙神节是供奉住在翠星山的龙神,祈愿秋天获得丰收的节日。只有在这一天,两个村子的村民才会真正地面对面交锋——两个村子会将精心准备一整年的作品展示出来,进行比赛。哪个村子的作品更合龙神的心意,那个村子就能获得龙神的帮助,所以,两个村子都会拼尽全力。

每年,琥珀村都会准备优美的音乐和舞蹈。

"没想到,今年村里承担着最重要角色的舞者受了伤……我们不知道该怎么办,都快绝望了。然后,我们几个看到远处峭壁上有人影晃动,走近一看,发现是你从山顶上下来了。"

"翡翠色原本就是龙神的颜色。就算你穿的不是翡翠色的衣服,光是看你那敏捷矫健的身姿也能知道你是预言所说的人。能亲眼见到预言所说的人，真是太让人激动了。"

"哦，是吗？"

"看，那就是我们村。看来比我们快一步的嘉豪已经通知了大家，村里人都来了。"

顺着那位村民手指的方向，拓真看到了一个村子。一座座房屋坐落其中，房屋全是用竹子盖的，屋顶尖尖的。

村里到处挂着黄色的旗子和灯笼。村子外围扎了一圈竹篱笆，正中间有一扇门。

村子里老的少的全都来到了门口，人人都系着黄色腰带，身形挺拔。

看到拓真后，村民们眼睛一亮，迅速聚拢过来。

"噢，这就是预言所说的人。"

"拓真，欢迎你！"

"欢迎你来到琥珀村!"

"这下可以放心了,今年的龙神节比赛我们赢定了。"

村民们太热情了,拓真有些手足无措。

等大家安静下来后,琥珀村的村长,一位名叫德华的老婆婆走上前,对他说:

"来自异世界的少年,为了让村子获得龙神的帮助,请你一同为龙神献舞。"

拓真一点儿也不惊讶,他已经料到他们会有这样的请求。

他正发愁怎么回答时,肩膀上的小金悄悄地对他说:

"你想一想,任务一不就是要接受村民的请求吗?"

"那就是说我不能拒绝?"

"嗯,如果你想一直待在这个世界的话,你

可以拒绝呀。"

"……果然还是不能拒绝。"

拓真叹了口气，抬起头来。既然如此，也只能这样了。他下决心什么都为他们做。

"那……嗯……可以。"

"啊，太好了！"

看到村民们激动的样子，拓真连忙补充道：

"但我没跳过舞，所以……没什么信心。"

"没关系。虽然龙神节就快到了，但是我们会好好教你的。"

村长德华话音刚落，把拓真领到村里的那位村民挺起胸膛，点了点头，说道：

"就是。拓真一定很快就能学会，毕竟那么陡峭的山崖，他都能从上面轻松地飞跃下来。"

"从山崖上飞跃下来？那真是……太厉害了！舞蹈训练从明天开始。今天你先好好休息，让孩子们带着你在村里转一转。我们去准备些吃的招待你。孩子们，拓真哥哥交给你们了。"

"好的，德华婆婆。"

"走，拓真哥哥，我们先去看看水田。"

"然后去猎人小屋，里面有猎人以前猎到的动物，你看了肯定会大吃一惊。"

"嗯，好。"

拓真被孩子们牵着手，走进了琥珀村。

就这样,拓真在琥珀村住了下来。

虽然刚开始有些紧张,但他很快就适应了。村民们活跃好动,性格开朗,跟拓真很聊得来。

不仅如此,村民们还特别热情好客,专门为拓真准备了一间房子。

这间房子也是竹子盖的,通风很好,还有一股竹子的清香。虽然房子里只摆放着一张矮桌、几个草编蒲团和一张床,看上去空荡荡的,但这对于"马大哈"拓真来说再合适不过了。

"这样我就不用担心会撞到哪里,或者把什么东西给弄坏了。啊,要是我家也像这样既宽敞东西又少该多好,那样妈妈就不会总教育我,让我小心点了。咦,这是什么?"

拓真发现墙上挂着一幅画,画上一条翡翠色的巨龙正腾云驾雾,吟啸九天,气势雄浑。

停在拓真手腕上的小金解释说:

"这是龙神的画像,村里人敬仰龙神,家家户户都会挂。"

"哦,原来龙神这么威风凛凛。"

拓真说完,暗暗想,要是能在龙神节上一睹真龙神的风采就好了。

晚上,村民们为拓真准备了盛宴。

烤野鸡、炸鱼、拌野菜、烤蘑菇……

一道道色香味俱全的菜肴被端上来,拓真大

快朵颐。最后吃完水果干的时候，拓真感觉肚皮都快撑破了。

第二天，村长德华给拓真带了白粥过来。吃完早饭，拓真被领着往村子深处走去。

越往里走，房屋越少，一片水田出现在拓真面前。沿着田埂继续往前走，拓真看到了一幢很大的建筑。这幢建筑不是用竹子盖的，而是结实的泥墙瓦屋。

拓真走进去一看，里面跟体育馆一样大。正中央有一个圆形的舞台，周围聚满了人，还有很多乐器。

一看就知道这里是练舞的地方。

拓真换上轻便的衣服，走上舞台。教他跳舞的是一位名叫理希的女子。她美丽端庄，不过，看上去有些严厉。

"拓真，我先跳一遍给你看。你看过之后就

知道大概要跳什么样的舞了。"

理希说完,朝舞台边上的几个人点了点头。

他们马上拿起手边的乐器,一齐演奏起来。那些笛子、铜锣和弦乐器等,都是拓真从没见过的。

理希伴着欢快优美的音乐,脚步轻快地舞动起来。她的舞姿时而柔美灵动如蝶,时而霸气威猛如虎。手臂挥动时,她手腕上戴着的银铃铛清脆作

响,响声完美地融入音乐中。

如此精彩的舞蹈,让拓真看得目不转睛。他像被定住了一样,一动不动。

直到音乐终了,理希停下来,拓真才像被解除了魔法一样回过神来,使劲地鼓掌。

"太好看了!特别特别美!这样的话,你跳不就好了?不需要我跳哇。"

"不,不行的。"

"为什么?"

"……因为我的年龄太大了。"

理希有些尴尬地缓缓开口道。

"在龙神节比赛中献舞的舞者,年龄不能超过十五岁。我已经二十七岁了,所以不行的。"

"……哪怕跳得好也不行吗?"

"不行!"

理希干脆地答道。

见此情景,跟拓真一起来的小金无奈地说:

"她已经觉得自己年纪大了。人类总是特别在意年龄,真是奇怪。"

"嘘——这样讲太没礼貌了,被她听见了怎么办?"

"没关系啦,因为我说的话只有我陪伴的旅客才能听懂。"

"哦,是吗?!"

"哎呀,这个我也忘了说吗?真要命,我又要被小银说了。"

"我能不能先说说你?这么重要的事要早点儿告诉我呀!"

"好的,我以后会注意的。"

幸好小金说的没礼貌的话理希听不懂,拓真松了口气。

理希让拓真站起来,把他带到舞台中央。

"拓真,我想你已经知道要跳什么样的舞了,现在我们开始练习。第一段是'月型',你把自己想象成月亮,想象自己从新月变成满月,然后将手臂伸展开。"

"这样吗?"

"是的,可以。一边伸展手臂,一边迈出右脚,同时旋转身体。慢一点儿,慢一点儿,不要着急。"

"对不起。"

"不用道歉,没关系的,我们一步步来。对,就是这样,这是'月型'。接着,立刻转换到'川型'。上身慢慢往后转,动作要像流水那样优美流畅。再转一点儿,再转一点儿。"

理希训练严格,容不得半点马虎。而且,舞步复杂,里面还有一些类似戏曲中的动作,一时半会儿很难学会。所以,还不到十分钟,拓真就练得满头大汗。

不过，拓真原本就很擅长运动，加上他又穿着天舞鞋，所以很快就掌握了要领，熟练地跳了起来。那熟练程度连理希看了都觉得特别惊奇。

"真不敢相信，你以前真的没有跳过舞吗？如果真是这样，只能说你是位舞蹈天才。"

"呵呵，是吗？"

"是的。太好了！今年的龙神节比赛，我们一定能获胜。连续两年争夺到龙神的帮助，这可是一百年来从未有过的。真到了那一天，青玉村那些傲慢的家伙脸色该有多难看，嘻嘻嘻，我现在就能想象出来。"

理希两眼发亮，脸上挂着不怀好意的笑容。

"好可怕。"

小金小声地嘟囔。

拓真也吓了一跳，轻声问道：

"看来大家真的很讨厌青玉村……为什么会

这样呢?"

"那要从一百年前的那场旱灾说起……"

理希开始娓娓道来。

传说,一百年前那个夏天,这里出现了非常严重的旱灾,琥珀村的水田和青玉村的果园都被接连晒干了。

这样下去大家都得饿死。

人们走投无路,便向翠星山的龙神祈愿"天降甘霖"。可龙神没有能力同时帮助两个村子。

最后,龙神说:"你们要举办龙神节比赛,各自展示

最满意的作品给我看。哪个村子的作品更合我的心意，我便帮助那个村子走出困境。"

于是，两个村子马上举办了龙神节比赛，并将各自最引以为豪的作品展示出来。

青玉村展示的是一只精美的花瓶，巨大的瓶身上描绘着仙境般的景象。

琥珀村展示的是赞颂龙神的乐舞，由未满十五岁、擅长跳舞的少女进行表演。

最后，乐舞表演更合龙神的心意。于是，龙神帮助了琥珀村，使水田得到了雨水的浇灌。

那一年，琥珀村稻米丰收。心地善良的琥珀村村民还将多出来的稻米分给了

青玉村村民。青玉村因为在龙神节比赛中落败，所以果园没能得到雨水润泽，果树全部干枯了。

青玉村村民虽然接受了琥珀村赠予的稻米，但心中的怨气却未消除。

第二年，琥珀村水田里的庄稼发生了严重的病害。

青玉村的果园也遭受了虫害，树叶都快被啃光了。

这样下去可不行，还是要请龙神帮忙。

两个村子决定再次举办龙神节比赛。

这次，青玉村为了要赢，居然使出了卑劣的

手段。在龙神节前一天的深夜，青玉村的几个年轻人悄悄地潜入琥珀村，找到上一年在龙神节上表演舞蹈的那位少女，往她身上泼满了黏糊糊的脏东西。

少女从头到脚一片乌黑，身上的脏东西怎么洗也洗不掉，还散发着一股恶臭。

这样还怎么在龙神面前献舞呢？少女号啕大哭，只能放弃。

所以，那一年，青玉村轻而易举地获得了龙神的帮助，守住了果园。

而琥珀村的水田颗粒无收。

青玉村或许是感到愧疚，给琥珀村分了一些食物，琥珀村村民才不至于饿死。不过，琥

珀村村民觉得青玉村村民的行径太过卑劣,并没有原谅他们。

"从那以后,两个村子的关系越发恶化了。现在,虽然每年两个村子都会一起过龙神节,但是相互之间的竞争越来越激烈。"

听了理希的话,拓真明白了事情的原委。

"哦,原来是因为发生了这些事情,所以两个村子的关系才这么差。不过,话说回来,青玉村做的事也太卑鄙了。"

"就是!拓真想的果然跟我们一样。"

理希高兴地点点头。负责伴奏的村民也围拢过来,争相指责青玉村村民。

"青玉村村民全是些坏家伙,阴险又狡诈。"

"他们都是贪吃鬼,心肠也坏。"

"他们整天吃完就往那儿一坐,全成了胖子,实在让人看不下去。"

"得让那些家伙知道,他们不配得到龙神的帮助。"

"对!绝对不能让他们获得龙神的帮助。"

拓真听着听着,对青玉村的敌意像在心里扎下了根,越来越强烈。

他使劲点了点头。

"明白了。我会加油的,一定要让琥珀村获得胜利!"

"啊，谢谢你，拓真！"

"今年的龙神节比赛，我们赢定了！"

拓真一听，斗志更加激昂。

"理希老师，我们继续练舞。"

"好！接下来要练的是'天马型'。把腿抬高，把自己想象成驰骋天空的骏马……啊，跳得有点儿太高了！稍微低一点儿……嗯，算了，这样可能更好……我们稍微调整一下动作。你的身体非常轻盈，我们可以加一些难度更大的动作。等我们编排好了，这支舞蹈一定精彩绝伦。"

理希跃跃欲试，微笑地看着拓真。拓真也笑着回应。这正是拓真所期望的，无论如何一定要让琥珀村获胜。

接下来的每一天，拓真都在争分夺秒地严格训练，练习的动作也越来越难。

尽管如此，拓真从未退缩。有时，他还会提

出自己的想法：

"这里要不要加上这个动作？幅度是不是可以再大一些？"

很快，拓真练得越发熟练自如，这一点就连他自己都能感觉到。他也更加乐在其中。

很快，拓真来到琥珀村已经十天了。

这天早晨，他跟往常一样，吃完早餐准备去练舞场。出门后，他发现村子里比往常热闹。

村里的妇女们聚在一起，有的抬着大锅，有的抱着碗碟。村长德华也在，正指挥着大家。

拓真走到她身边，问道：

"早上好，德华婆婆。你们在忙什么呀？"

"拓真，早上好。离龙神节只剩三天了，我们得赶快开始准备那天要用的传统食物。"

"哦，只剩三天了呀。"

拓真精神一振，看向大家。每个人都在忙

碌,单看准备的锅的数量就不少。

"看来要准备很多呀。"

"是的。龙神节那天,传统食物是必不可少的,其中最重要的就是月琥珀。"

"月琥珀……"

拓真觉得这个词似乎在哪儿听过。突然,他想了起来,任务二就是要获得月琥珀。

拓真急忙开口问:

"德华婆婆,能不能也给我一些月琥珀?"

"当然可以。不过,要到龙神节的前一天才

能给你。做这个很费时间，而且，得先去南边的集市上把各种各样的原料买回来。"

"要出去买东西？"

"对。刚刚几个村民说马上就准备出发，你要不要跟他们一起去逛逛？"

"可以吗？"

拓真兴奋地眨眨眼。逛集市应该很有趣。想想过去的十天，自己每天从早到晚一直都在练舞，出去散散心也好。于是，拓真问理希：

"理希老师，我想跟大家一起去集市看看，上午先不练舞，休息半天可以吗？"

"当然可以。"

理希爽快地点点头，继续说：

"虽然让人难以置信，但是你的舞技已经在我之上。所有动作你都已经记住了，没什么可担心的。等我请其他村子定做的服装到了之后，你穿上再最后练一练就行。在这之前,你可以好好休息一下。"

"请其他村子定做的服装?"

"嗯,其实,我们村的人不太擅长针线活。不过,我们会打猎。"

理希有些不好意思地说。

拓真请假后,兴高采烈地出门了。他顺道去找了小金,见它正停在近处的一棵大树上。

"小金,小金,买东西去!听说南边有个集市,一起去吧?"

"……我不去。"

"为什么呀?最近你总是闷闷不乐,怎么了?想家了吗?"

自从来到这里,小金一天比一天话少,越来越消沉了。

看着一脸担忧的拓真,小金哀伤地叹了一口

气,接着说道:

"我已经有十天没见到小银了,我们还是第一次分别这么长时间。我很想它。呜呜……"

看来小金不是想家,而是想妹妹了。

拓真虽然有些讶异,但能理解小金的心情。因为拓真的脑海里也不止一次浮现出好朋友伸介的身影。

"那家伙现在在干什么呢?是不是还在生气?啊,不对。小金说过,在这里哪怕过了好几天,原来的世界也只是才过去几分钟而已。所以,伸介应该还没发现我不见了。我怎么又想起伸介那家伙了?我真傻!"

拓真拼命让自己不去想伸介。所以,当他听到小金那么坦率地说出很想念妹妹的时候,莫名有些恼火。

于是，他故意对小金说：

"别哭哭啼啼的，说不定小银正惬意着呢。你以前不是总说，你自己慢吞吞的，经常给小银拖后腿吗？如果你不在，小银不是更轻松吗？"

这话有点儿过分了，拓真发觉的时候已经来不及了。小金听完拓真的话，大哭着飞走了。

拓真的心被狠狠地刺痛了。

"我这是在干什么？对小金乱发脾气，还把它弄哭了。太过分了！全都搞砸了……都怪伸介。真是的……我得从集市上买点小金喜欢的东西送给它，再向它道个歉。"

拓真想好了，便和同伴们一起出发去集市。他们坐上一辆由四只羊拉着的货车，一路颠簸两个小时，终于到达了集市。

集市在一个港口小镇上，在这里可以近距离

看到大海。宽阔的海湾被建成了漂亮的港口，扬帆的船只在其间来回穿梭。道路两旁是一个个摊位，上面摆满了各式各样的物品。

有绸缎布匹、闪闪发亮的玻璃工艺饰品、神兽护身符，有拓真从没见过的各种海鱼，还有堆积如山的香料、盘子、花瓶等。集市上各种叫卖声不绝于耳，听上去所有的声响似乎汇聚成了一部交响曲。

这真是个有趣的地方，让人目不暇接！

拓真问一同乘车的伙伴：

"我们要买什么？"

"砂糖和盐，这两样东西对琥珀村来说非常重要。还有糖浆，没有糖浆就没法做月琥珀。"

"哦，那这些袋子里装的是什么呀？"

拓真指了指货车里面堆放着的好几个大麻袋，它们看上去全都沉甸甸的。

"这些呀？这些是我们收获的稻米，我们要用它们来换想要的东西。"

"原来如此，物物交换。"

这时，货车突然停了下来。

拓真本以为是到了要买东西的摊位，但定睛一看似乎并非如此。走在货车前面、握着缰绳、负责驾驭货车的年轻人，正板着面孔怒视前方。

拓真想看看到底怎么回事。当他从货车上站起来时，不禁轻轻地惊呼了一声。

货车前面挡着一群人，他们全都系着蓝色的腰带，同样在怒气冲冲地瞪着这边。

拓真没想到的是，伸介居然也在其中。

面对这令人意外的重逢，拓真惊讶得说不出话来，愣在了那里。

一切又要从头说起了。

伸介与好朋友拓真大吵了一架,心里非常生气。因为拓真不仅把他费了好长时间才做好的房屋微缩模型弄坏了,还嘲笑他胖,这任谁都是要生气的。

"我是好心劝告他太急躁会干不成事!管他怎样!他要是不先给我道歉,我才不理他呢。"

可是,拓真会来道歉吗?伸介气愤之余,心

头也萦绕着一丝不安。接着……

后面的事想必你已经料到了。没错,伸介也来到了解忧旅行社,选定了旅行方案,希望能解除他的烦忧。因为他的旅行目标和愿望都和拓真差不多,所以店家推荐的旅行方案也基本一样。

要说两个方案不一样的地方,那就是伸介的向导是长耳鸮小银,居住的村子是琥珀村的死对头青玉村。

在小银的带领下,伸介来到了青玉村。他也受到了大家热烈的欢迎。

不过,招待他的食物有些寒酸:一小碗寡淡的面条和一些果干,仅此而已。

村民们非常抱歉地说:

"不好意思,伸介。我们本应该准备丰盛的食物招待你,但我们已竭尽所能。去年我们村的果园没有收成……都怪琥珀村的那些家伙,要不是他们使出卑劣的手段,在龙神节比赛中获胜的肯定是我们。"

"发生了什么?"

看着一脸茫然的伸介,村长嘉万向他细细讲述起来。

传说,一百年前那个夏天,这里出现了非常

严重的旱灾,青玉村的果园和琥珀村的水田都被接连晒干了。

这样下去大家都得饿死。

人们走投无路,便向翠星山的龙神祈愿"天降甘霖"。可龙神没有能力同时帮助两个村子。

最后,龙神说:

"你们要举办龙神节比赛,各自展示最满意的作品给我看。哪个村子的作品更合我的心意,我便帮助那个村子走出困境。"

于是，两个村子马上举办了龙神节比赛，并将各自最引以为豪的作品展示出来。

琥珀村展示的是赞颂龙神的乐舞。

青玉村展示的是一只巨大的精美绝伦的花瓶，瓶身上用七色颜料描绘着光芒万丈的、仙境般的景象。

龙神对美丽的花瓶一见倾心，正要宣布青玉村胜出。

这时，琥珀村献舞的少女眼见自己的村子要输了，一下子哭了起来。

"呜呜呜，龙神不喜欢我跳的舞蹈……"

少女哭喊着，一副悲痛欲绝的样子。

龙神不忍心看少女如此伤心，连忙让琥珀村获胜了。

那一年，琥珀村在龙神的帮助下，水田得到了雨水浇灌，稻米大丰收。

"你们果园里的那些果树全都干枯了，没有果子可收，是不是都快饿死了？看你们可怜，这些多出来的稻米分给你们。"

琥珀村的那些家伙送来稻米时，对青玉村村民的态度无比傲慢。

所幸青玉村村民靠着这些稻米全都活了下

来。但对于琥珀村施与的食物，他们没人觉得要感激，因为这些原本就是青玉村应得的。

第二年，危机再次降临。青玉村的果园遭受了严重的虫害，树叶被虫子啃得七零八落。

另一边，琥珀村水田里的庄稼也发生了严重的病害。

这样下去可不行，还是要请龙神帮忙。

两个村子决定再次举办龙神节比赛。

琥珀村的那些家伙一心想赢，居然想使坏招。在龙神节前一天的深夜，他们潜入青玉村，想破坏青玉村烧制陶器的窑炉。

不过，青玉村早就料到他们会这样干，早早地在村子各处布下了陷阱，因此琥珀村的诡计并未得逞。

来搞破坏的琥珀村村民一个个掉进陷阱，全被抓住了。前一年在龙神节上献舞的那个少女也在其中。

"你们这些狡猾的家伙,根本就不配出现在龙神面前。等龙神节比赛结束了,再放你们出来。在这之前,你们都老老实实在这里待着!"

青玉村村民对他们说。龙神节那天,青玉村村民将精心准备的陶器展示出来。

结果可想而知,青玉村获得了胜利。琥珀村因为能歌善舞、会吹拉弹唱的一个都不在,凄惨得很。

在龙神的帮助下,青玉村的果园喜获丰收,

而琥珀村那边的水田则颗粒无收。于是,青玉村村民将果实分了些给琥珀村村民。

然而,琥珀村村民并不感恩,还叫嚣着绝不原谅他们。

从那以后,两个村子的积怨越来越深。

伸介听完,皱起了眉头。拓真干的蛮不讲理的事让他很生气,琥珀村干的这些事,让他觉得更不可原谅。

"原来如此,太过分了!"

"是吧?那些家伙真是太卑鄙了。"

"简直是无法无天!那么可耻的事情,亏他们干得出来。"

"还有他们那副傲慢施舍的样子,我都能听到他们在心里说'你们这些失败者,还不赶快收

下'。真让人恼火!"

听大家说完琥珀村的种种恶劣行径,伸介气愤极了。

这次绝不能输!去年,青玉村中了琥珀村的计,没能参加龙神节比赛,没得到龙神的帮助。村民们生活拮据,就是因为果园没有收成,只能勉强维持生活。

伸介想让他们重新振作起来,可以吃饱饭,脸上重新绽放笑容。更重要的是,他想让琥珀村输得心服口服。

这些思绪涌上伸介的心头,他忍不住大声说:

"需要我做任何事都可以!只要是我能做到的,我一定全力以赴。"

"太好了。那能否请你与我们一起制作龙神节比赛作品?"

"好!"

就这样,伸介在青玉村住了下来。他待得很舒心,因为村民们都非常勤劳,而且心灵手巧,特别喜欢做手工。不管是看他们工作,还是跟他们聊天,伸介都觉得很有趣。

不过,由于去年没有收成,他们的生活非常艰难。虽然他们想要做些好东西卖了赚钱,但是连材料都买不起。因而,他们还不知道要拿什么作品参加龙神节比赛。

"去年我们花了很多钱,精心制作了一个奢华的宝座。可是,琥珀村的那些家伙竟然在路上洒了油，让我们没法控制货车。等我们终于赶到的时候，龙神已经选择了帮助琥珀村……所以，今年我们想做出更精美的作品参加比赛，赢得龙神的帮助。可惜，我们没有那么多钱。"

"虽然我们也做了一些竹编工艺品和陶土罐去卖，攒下了一点钱，但是远远不够。"

"所以，伸介，你来自异世界，想必见多识广，请帮我们出出主意吧。"

"见多识广？我吗？"

"是呀，请帮我们想一想能获胜的办法！"

"嗯，好！"

在村民们期盼的目光中，伸介陷入了沉思。

虽然钱不够，时间也紧张，但是，这里人手多，而且很多人都擅长手工，所以，一定能做些什么。

伸介正绞尽脑汁思考的时候，小银在一旁催

促起来:

"赶快想出办法来。你自己说了要帮他们的。而且这本来就是旅行任务之一。"

"嗯,知道了。我正在想办法呢,你先安静会儿。"

小银是个急性子,干什么都很急躁。伸介不喜欢它这样,因为这让他想起了拓真,心里越发憋了一股劲儿。

这时,小银瞪大了眼睛,对他说:

"不,我就要说。我知道,你做事跟我姐姐小金一模一样,不催的话马上就变得拖拖拉拉。唉,我的姐姐,它这会儿还好吗?我不在它身边,它有没有好好工作呢?"

小银想早点儿见到姐姐,所以想让伸介赶快完成任务。

见小银还在絮絮叨叨,伸介厌烦地把脸转向一旁,心想:这只会说话的鸟儿可真烦人,真想抓住它,把它塞进一个小笼子里去。

不过小银动作敏捷,而且爪子尖锐,嘴也尖尖的,这让伸介有点儿害怕,不敢出手。他想,要是小银体形小一点儿,他一定要这么干。

"体形小一点儿……小一点儿!"

伸介灵机一动。这不就想到了吗?这是伸介和村里人都很擅长的事,最重要的是,还不怎么需要花钱。

"房屋微缩模型!我们可以做一个房屋微缩模型!"

"什么是房屋微缩模型?"

"就是迷你版的房屋。"

"迷你版？"

"就是很小的房屋，里面要摆放各式家具。怎么说呢……"

房屋微缩模型的样子很难用语言来描述，伸介有些语无伦次。

这时，小银又开口了：

"你在干吗呢？到这时候还不使用给你的魔法道具吗？"

"魔法道具……哦，对了！"

伸介连忙从口袋里拿出魔法道具来。

伸介的魔法道具是一支心现

笔。这支笔的笔头是白色的，笔杆用翡翠制成，非常精美。用这支笔，不需要蘸墨水，就能将心里想的原原本本地画出来。

不过，真有这么神奇吗？

伸介心情激动。他请村民们拿来一张很大的纸，将心现笔举起来准备作画。

"我说的房屋微缩模型，就是这样的……"

伸介一边想着自己做的模型，一边在纸上画了起来。

下笔的瞬间，心现笔仿佛有生命一般自己动了起来。伸介只需要握住笔，任其在纸张上游走。很快，房屋微缩模型的样子就跃然纸上，而且跟伸介想象的一模一样。

伸介很惊讶。青玉村村民更惊讶，大家兴奋地直盯着画看。

"这，这也太漂亮了！"

"我从没见过这样的房子。房顶的设计十分巧妙。"

"嗯。这里还能打开,里面的家具也可以自由移动。"

"哦,原来如此,太有趣了!也就是说,可以随意变换里面的样子。"

"我不知道龙神会不会喜欢,但是,这个东西这么罕见,我觉得值得做做看。"

"我也这么觉得。"

"这个主意好,就做这个了。"

定下来做房屋微缩模型之后，大家根据各自的特长进行了分工。

擅长竹编工艺的人负责模型的框架和家具，擅长陶艺的人负责做小碗和茶具套装，擅长绘画的人负责壁纸，最厉害的银器师负责做勺子和叉子，针线活拿手的人负责做窗帘和地毯。

虽然他们没有见过西式餐桌和沙发，但是伸介拿心现笔一画，他们马上就明白了。

青玉村重新恢复了生机和活力。大家团结一心去做好一件事，没有比这更快乐的了。

伸介也因为给大家帮上了忙而感到很有成就感。在青玉村，唯一让伸介觉得有些不满的就是每天只有两餐，而且分量少得可怜。

饿着肚子的伸介，对琥珀村更有敌意了。

"这次绝对要获胜，一定要让大家不再为吃饭而发愁！"

这也是青玉村所有人的愿望。

青玉村是工匠之村。每个人负责的工作都在顺利地进行着，而且速度比伸介预想的还要快。

看着大家制作出来的一个个物件，伸介由衷地佩服他们。仅有一粒黄豆大小的茶杯上细细描绘着葡萄纹样，编织好的地毯图案繁复华丽。还有装着银质把手的房门，仿佛用丝线编织出来的竹笼和雕花的摇椅，全都制作精美，像是实物的缩小版。

模型框架的制作也进展顺利，明天大概就能

完工了。

距离龙神节还剩三天。这样看，时间很充足，应该赶得上。伸介放下心来。见伸介放松下来，村长嘉万对他说：

"你要去集市转转吗？"

"集市？"

"嗯，是南边一个港口小镇上的集市。那儿有很多商品，还有不少值得逛的地方。你之前一直在辛苦忙碌，现在可以出去好好散散心，你觉得呢？"

"听上去很有意思，那我去逛逛吧。"

"好。有几个村民正要去集市上买龙神节传统食物——星天玉的原料。你跟着一起去吧。"

"星天玉……"

伸介突然记起来，第二个任务就是要获得星天玉。

"星天玉是什么？"

"星天玉是一种碧蓝色的糖果，有许多亮晶晶的砂糖粒嵌在里面，看上去就像夜晚的星空。这种糖果可是我们村子自己发明出来的，是龙神节少不了的一道美味。"

"那能给我一颗吗？"

"明天早晨大家会一起做星天玉，到时候送给你。"

"谢谢！"

这样任务二就快完成了。伸介跑去告诉小银这个好消息。

伸介找到小银的时候，它在村子深处的树林里，正打算将一只大老鼠吞下去。来到青玉村之后，伸介瘦了一些，小银却每天吃得很饱，变得圆滚滚的。

伸介不禁瞪着小银，抱怨道：

"哎呀,你就只顾着自己在这儿吃,是不是太不厚道了?"

"我自己捕获的猎物自己吃,为什么要说我不厚道呢?我不是说过吗?你要是想吃的话,我也可以给你抓一只。"

"我才不要呢,我又不吃老鼠。"

"那你以后不要总是在我吃东西的时候来找碴儿。对了,找我有什么事吗?"

"星天玉我已经顺利要到了。还有,一会儿大家要去集市买东西,你去吗?"

"我不去。"

小银很干脆地拒绝了。

"我感觉姐姐在想念我,我要去见它。"

"你知道它在哪里吗?"

"不知道。不过,我能感应到它。我们是双胞胎,有心灵感应。我要出去一趟。买东西跟旅行任务也没什么关系,我不去也不要紧吧?"

小银说完,没等伸介回答,就飞走了。

伸介没有叫住它。小银既啰唆又急躁,它不在,说不定他逛集市能更开心呢。

"真是的,小银跟某个家伙太像了。"

伸介嘟囔着,坐上了去集市的货车。

接着……

到集市之后,伸介见到了自己最不想见到的人——拓真。

刚开始的时候,拓真和伸介只是互相看着对方,什么话也说不出来。不过,很快他们就明白过来,对方为什么会出现在这里。

"啊,这家伙跟我一样,希望对方先道歉。为了实现愿望,于是来到了这个世界。"

另一边,青玉村和琥珀村的人互相瞪着对方,眼里满含怒火。

最先开口的是琥珀村的一名年轻人。他轻蔑

地看着对方,态度傲慢地说道:

"哎哟,我还以为看错了。青玉村的人不应该都是胖墩儿吗,怎么瘦了这么多?不过,这副样子看着倒是比原来好看呢。"

这话也太难听了,拓真和伸介都愣了一下。

不过,青玉村这头也不甘示弱,马上回击道:

"你们这帮家伙,不缺吃穿,也没见有什么礼仪,全是些坏心眼的吝啬鬼。"

"你！你说什么！"

接着，现场一片混乱。两个村子的人互不相让，说出口的全都是些恶毒的话。要不是集市总管过来，两边说不定就打起来了。

总管长着浓密的黑色胡须，目光炯炯有神。他大声喝道：

"你们给我停住！"

现场一下子安静了。

"又是你们青玉村和琥珀村到集市上来闹事。快，你们快散开！买好东西就赶紧回各自村里去。

你们听好了,要是再来闹事,就永远别来我们集市了!"

总管说的话谁也不敢反驳。两个村子的人不情不愿地动了起来,但是,最后都没忘记再撂下狠话:

"龙神节那天再算账!记好了!"

"哼,瞧不起我们,等着后悔吧!我们走,伸介。"

"拓真,我们往这边走,不理青玉村的那些家伙了。"

就这样,拓真和伸介一句话也没说上,就跟着各自村子的人离开了。

回去的路上,琥珀村的人一致声讨着青玉村的人,越说越气愤。但是,拓真没有加入他们。他心里想着伸介,心绪不宁。

伸介居然也来到了这个世界。不仅如此,他

去的村子和自己所在的村子居然还是死对头。如果琥珀村在龙神节比赛中获胜的话，自己就能回到原来的世界。可那样的话，在青玉村的伸介会怎样呢？

拓真心头一震。

所以，当他回到村里，看到小金一脸幸福的样子时，不禁有些生气。

"看你这个样子……已经见过小银了吧？"

"是呀！它是特意来看我的，哈哈。我妹妹不仅很能干、很要强，还特别温柔体贴，我真是太幸福了。"

"哼！"

拓真偏偏遇见了自己最不想见到的伸介。不过，现在想起来，他有些后悔，觉得当时应该跟伸介好好聊一聊的。

"停住停住，一直想这些有什么用！我只要

好好帮琥珀村就行了。那家伙能不能从这个世界离开，跟我有什么关系！"

拓真抑制着心中纠结的情绪，越发努力地投入到舞蹈练习中。

那天傍晚，为拓真准备的服装到了。一袭华服做工精美，翡翠色与金色相互交织，鲜亮醒目。稍微一动，长袖和衣摆就随之舞动，摇曳生姿。假发配饰上面缀着好几种金银发饰。

"啊，太好了，终于送来了！拓真，快穿戴上试试，看合不合身。"

听了理希的话，拓真穿上服装，戴上假发。

"虽然很漂亮……但是活动起来不方便。假发又重，发饰也叮当叮当地响，让人分神。"

他抱怨道。

"嗯，但你只能慢慢适应。下面，你就穿戴着它们练舞吧。不过，可千万不能弄脏服装，因

为仅此一套。"

"好的,我知道了。"

拓真按照正式比赛的要求进行反复的练习。刚好,练舞的时候,他可以心无旁骛,不会去想别的。

龙神节的前一天,上午的练习结束后,拓真累得筋疲力尽。他正打算吃午饭时,村长德华走了过来。

"拓真,月琥珀总算做好了。看,这些是给你的。不过,要到龙神节那天才能吃。所以,请你忍耐一下,等到明天就可以慢慢享用了。"

村长德华说着,将手中的盆递了过来。盆里装的满是小丸子。小丸子看上去像一轮一轮的满月,香味扑鼻,很好吃的样子。

"谢谢德华婆婆!"

拓真高兴地接过来。接下来该怎么办呢?拓真有些犯难。

"就这样……直接交给小金吗？"

拓真决定先端着盆去找小金，一会儿再回来吃午饭。

"嘿，小金，你在哪儿？真是的，这家伙最近总是不在，一定又去找它妹妹了。怎么当的向导哇，真是的！"

拓真在村里到处都找过了，就是没找到小金。他身上穿着的舞蹈服装和戴着的假发都很沉。他走着走着，感觉肚子越来越饿。

所以，他看着手中的月琥珀越发挪不开眼了。

"这一定很好吃。真想吃呀，真想尝尝看。这么多呢……我就吃一个，应该没关系吧。"

为了不让人看见，拓真特意走到村子的篱笆外面，钻进附近的一片树林，然后，用手抓起一个月琥珀，大口吃了起来。

扑哧！

月琥珀软糯的皮被咬开后，里面裹着的满满的糖浆溢了出来。拓真连忙猛吸一口，想要将糖浆吸进嘴里，可是没成功。糖浆从他的嘴边和手上滴落下来，黏糊糊地粘在了他衣服的前襟上。

"糟……糟了！"

拓真慌忙用手去擦，结果越擦脏污的地方变得越大。

拓真低下头呆呆地看着那块污渍，心想：

"这也太难看了,而且怎么弄也去不掉。理希老师提醒过我,千万不能弄脏服装,而且德华婆婆说了,月琥珀要到龙神节那天才能吃。我打破了规矩,还把衣服弄成这样。如果大家知道了,不知道得有多生气。"

拓真突然感到很害怕,心里涌起一股逃跑的冲动。

于是,他拼命跑了起来。因为脚上穿着天舞鞋,一会儿工夫,他就跑得离琥珀村远远的,来到一片人迹罕至的河滩。

拓真停下脚步,想试试用水能不能把污渍洗掉。可是,即便他用水洗了,污渍还是很顽固地粘在衣服上。

拓真对自己做的事感到很懊恼。他心里非常悲伤苦闷,几乎要哭出来了。

"哎呀,我怎么会干出这样的蠢事!"

这么懊恼的感觉，自弄坏伸介的房屋微缩模型以来，拓真还是头一回体会到。

"我……真是太过分了。"

他嘟囔道。

这时，附近的树丛沙沙响着晃动起来，有人从里面走了出来。来的不是别人，正是伸介。

面对这意想不到的重逢，拓真有些语无伦次地说道：

"伸……伸介……你……你怎么在这儿？"

"我该问你才是。这里可是青玉村的地盘。"

"什么？"

原来，拓真只顾拼命地跑，不知不觉竟来到了青玉村的地盘。要是青玉村的人看见他，肯定不会轻易放过他的。

现在得赶快从这儿离开。拓真赶忙起身。这时，伸介轻声问道：

"你衣服上的污渍是怎么回事？"

"这……"

拓真下意识地想把有污渍的地方遮住。伸介看着拓真，似乎想起了什么，快步向他走去，一把抓住他胸前的衣襟，把他拉到跟前。

"你！你干什么！"

"好了，你站着别动。"

说着，伸介取出一支笔来，将笔尖放在衣服的污渍上。

接着，他流畅地运笔，画出一弯美丽的新月，渐渐将污渍遮了起来。

拓真惊得目瞪口呆。

这是怎么回事？像魔法一样。

等伸介停下笔时，污渍已经完全消失了，取而代之的是一弯皎洁的新月。

"伸介……"

"这样就看不出来了吧?"

"……你为什么要帮我?"

"我也不是特意帮你,这么好的衣服,弄脏了多可惜。"

伸介说完,赶忙转身走了。

看着伸介走远,拓真很想说些什么。可是,他一句话也说不出来。

等伸介消失在视野里,拓真又看了看身上的衣服。真是太漂亮了,这弯新月衬托得这件衣服更华美了。

"琥珀村的人看到时应该不会怪我了吧,说不定还会更开心。这样……我就能放心地回到大家身边了。"

拓真想了许多,决定回到琥珀村。

6

"我……我这是在干什么!"

伸介狠狠地敲了一下自己的头。

"我……我干吗要帮拓真那个家伙呢?还有,他为什么会出现在那里?他明明跟琥珀村是一伙的。"

刚刚见到拓真之前,伸介的心情非常好。

今天早晨,龙神节比赛作品——房屋微缩模型终于大功告成。大家制作的家具和小物件都齐

了，零散的部件就像拼图卡片一样被一个个拼装起来，变成了一个完整的模型。

看到大家一起完成的模型如此精美，伸介发自内心地赞叹——这样的礼物，无论送给谁他们都很有底气。

另外，好事成双，旅行任务中提到的星天玉也做好了。

"看，伸介，这就是星天玉。"

"哇，真漂亮！"

伸介不禁欢呼起来。星天玉真是太美了，碧蓝色的糖球里面散落着许多亮晶晶的砂糖粒，看上去宛如繁星点点的夜空。

"我们做得太少,所以只能分给你一颗。"

"一颗就够了。谢谢!"

把这个交给小银,任务二就完成了。于是,伸介小心翼翼地拿着星天玉去找小银。后来,他就在青玉村附近的河滩上遇到了拓真。

拓真穿着华丽的服装,头上和手腕上都戴着叮当作响的首饰。伸介看了觉得很惊讶,不过,更让他惊讶的是拓真一脸愁容,看上去很懊恼。

"难道发生什么事了吗?"

伸介想。再细细一看,他马上明白了——拓真的衣服粘上了很脏的污渍,他一定是在为怎么去除污渍而发愁。

伸介不由自主地走向拓真。

如果污渍去不掉的话,那就用漂亮的图案遮住好了。

多亏有心现笔,伸介真的做到了。

同时,他也回过神来。

为什么要帮拓真呢?这对他自己又没有任何好处。他正在跟拓真闹别扭,更何况,拓真还跟琥珀村是一伙的,是不折不扣的对手。

伸介觉得很尴尬,看都没看拓真一眼。他想,拓真肯定觉得他是个笨蛋老好人。所以,他连忙转过身,回到了青玉村。

刚回到村子里,小银就从空中飞落下来。它

少见地板着脸。

"小银，你去哪儿了？看，这是星天玉。这样算完成第二个任务了吧？"

"啊，嗯，是的。那我先收下，这样任务二就完成了。"

小银又漠然地说了声"辛苦了"，将星天玉收了起来。

"怎么了？你看上去心情不好，发生什么事了吗？"

"……我跟姐姐吵架了。"

"咦，吵架了？"

真是稀奇，伸介瞪大了眼睛。他不知听小银讲过多少次，它跟双胞胎姐姐的关系有多么好。

小银气鼓鼓的，高声嚷道：

"姐姐竟然说我太急躁。真过分！"

"我也觉得，你确实有些急躁……"

"哼,我也说它了。整天慢吞吞的,还老是忘事。跟它比起来,我可好多了。后来,我俩吵得不可开交。啊,真恼火,太气人了!"

看着气鼓鼓的小银,伸介怔了一下。从前的小银仿佛消失了,在他面前的仿佛是另一种生物,既丑陋又让人害怕。

"难道我生拓真的气时也是这副样子吗?"

伸介想。

这时,小银突然将气得竖起来的羽毛收了回

去,目光也柔和下来。

"小银,你没事吧?怎么了?"

"没事,怒气发泄完,心里就轻松了。下次见到姐姐,我就跟它和好。"

"和好……有那么容易吗?"

"容易呀,我会先道歉的。"

"什么?你先道歉?"

看着张口结舌的伸介,小银点了点头。

"是的,因为我也有不对的地方。但是,我也会好好告诉姐姐,我不喜欢被说急躁。这样我们应该就能和好了,我们每次吵完架都这样。我希望跟姐姐好好相处,因为这对我来说是最重要的事。"

"小银……你比我想的要成熟。"

"你之前觉得我幼稚?是不是不太礼貌?"

"没有,没有。我是真心觉得你很厉害。"

小银跟姐姐吵架之后，虽然生对方的气，但非常清楚自己内心的想法，可以直率地说出希望跟姐姐好好相处。这样的小银，在伸介眼中一下子高大起来。

"跟你比起来，我……"

"嗯？你怎么了？"

"没什么……对了，明天的龙神节比赛，如果青玉村获胜了……会怎样？"

"我之前说过呀。青玉村会获得丰收，你完成了任务，就可以回到原来的世界了。"

"那琥珀村呢？我的朋友在琥珀村……他会怎样？"

"你说的是我姐姐陪伴的那位旅客吧？青玉村获胜的话，那位旅客可能就没法回到原来的世界了，因为他没有完成第三个任务，没有帮助所在的村子获胜。"

"那……拓真就要一直待在这个世界吗？"

伸介皱起了眉头。他一心想要帮青玉村获胜，想要回到原来的世界，但是，他也不想因此把拓真一个人留在这里。确切地说，他特别不愿意这样。

"有什么办法吗？我想带拓真一起回去。"

"那不属于我的工作范围。"

"可是，拓真回不去的话，你的姐姐不也一样回不去吗？"

"啊？！"

小银显然也慌了，赶忙说：

"对，对的。不行！这样不行！怎么办哪？明天你把那个模型破坏掉，别让青玉村赢。"

"你说什么？！"

"不行不行！我绝对不能跟姐姐分开！"

小银一阵惊慌之后，往别处飞去，只留下伸

介一个人站在原地。

伸介感觉自己心跳如鼓。原本那么期待的龙神节，现在却让他胆战心惊。

"我和拓真，如果真有一个人回不去的话……哎呀，那该怎么办呢？"

那天夜里，伸介失眠了。

小银也一夜未归。

第二天早晨，伸介揉着红肿的眼睛出门了。

整个村子早已苏醒，充满生机和活力。村民

们来回忙碌着,为龙神节做准备。

村长嘉万走到伸介身边,说道:

"伸介,太好了,你早早就起床了。那就去梳洗一下,赶快换上盛装吧。"

说完,村长嘉万拉着伸介,把他带进了一个大剧场。

剧场里,几位婶婶早已挽起袖子在等他。

她们帮伸介仔细地洗了脸,让他换上一件精美的白色长衫,又在他腰间系上一条翡翠色腰带,还在他脖子上戴了一条翡翠项链。

"翡翠色是龙神的颜色,这种颜色的服饰,只有特别重要的人才能穿戴。"

"我特别重要吗?"

"当然了。还有,你也算我们青玉村的人,所以还要画上我们村的徽印。"

说着,婶婶们在伸介的额头上画了一个蓝色

的徽印。

全部装束完毕后,伸介走出了剧场。这时,小银飞了过来。

"哎呀,我还以为看错了呢。你这一身装扮真好看。"

"谢谢夸奖!对了,你昨晚去哪儿了?"

"嗯……那是秘密。"

小银回答道。它一改昨天的慌乱,看上去非常平静。不对,那表情看上去更像已经办成了什么事似的。伸介心里有些忐忑。

就在这时,村里有人跑过来,大声喊道:

"不好了!"

"怎么了?"

"不好了!去龙神祠的路上发生了山体滑坡,路被堵住了。"

"什么?!"

"不会吧?!"

听着大家的哀号,伸介心中一动,看向一旁的小银。

"是你干的吗?"

"是的。"

"真是这样!为什么?"

"当然是为了让你完不成任务哇。"

"啊?"

"反正只要让两个村子都没法参加龙神节比赛就行。这样,你们都完不成任务,我和姐姐就不用分开了。"

伸介气得火冒三丈。

"你怎么能这么任性,竟然做出这样的事!"

"是,我知道这样做不对。但是,对我和姐姐来说,能在一起是最重要的。这会儿,姐姐那边应该也一切顺利,琥珀村村民也没法出去。"

小银丢下一句"抱歉",然后又不知道飞到哪儿去了。

伸介气得直哆嗦。不管怎么说,小银干出这样的事来,实在太过分了。

"就算……我赢了……回到原来的世界,我还是要再回到这里来救拓真的。"

这样一来所有的辛苦就白费了,他没有任何办法能够补救。

于是,伸介跑去找村长嘉万。

"现在可怎么办哪?有没有别的路可以去龙神祠?"

"有倒是有……不过那是条险路。"

"险路？"

"就是很难走的路。"

"但如果只有那条路的话……那也只能硬着头皮走了吧？"

"但是……"

不知为何，村长嘉万和其他村民全都踌躇不定，可见他们从心底里不想走那条路。

看着他们犹豫的样子，伸介心里更焦急了，而且他还怀有深深的罪恶感，因为现在的状况是他的向导小银造成的。他忍不住大声喊道：

"好了！我来走那条路！我来把模型送到龙神祠！"

"哇，你真的要去吗？"

"伸介，你真勇敢！"

村子里重新恢复了生机。

伸介也热情高涨。他想:

"不管发生什么事,我一定要把模型送到,绝不能让小银的计划得逞。"

然而,他怎么也没想到,前方等待着自己的路有多艰险。

"这……这就是那条险路吗?"

伸介嘶哑着嗓子问。

他的面前是一座晃晃悠悠的狭窄的吊桥。

龙神祠就在翠星山正中间一棵高耸的大树下面。大树生长的地方,根须环绕四周,山体表面深深地凹陷下去。

吊桥的一头连着大树的树根处,全长大约有二十米。向下看去,距离地面足有一百多米。只

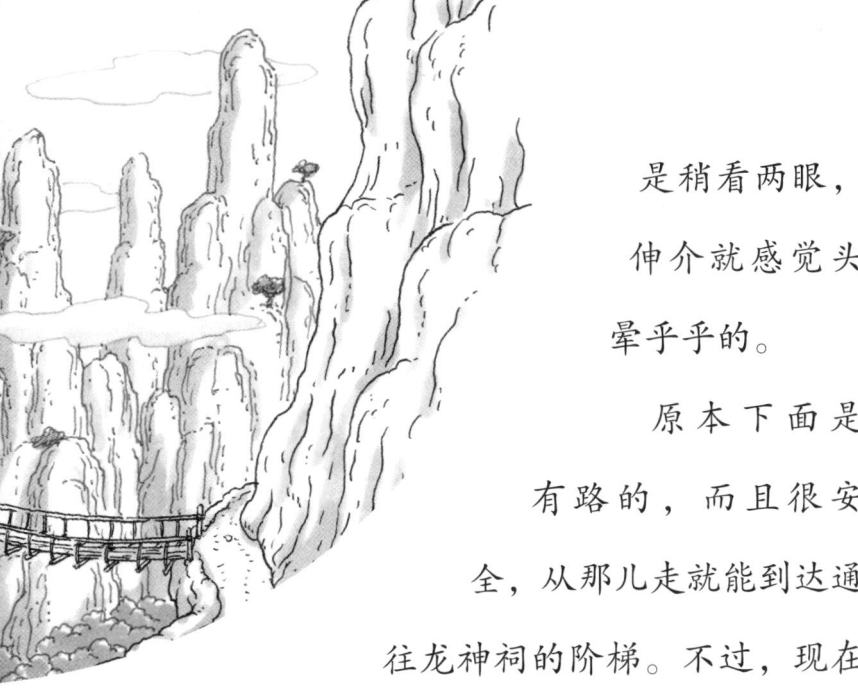

是稍看两眼，伸介就感觉头晕乎乎的。

原本下面是有路的，而且很安全，从那儿走就能到达通往龙神祠的阶梯。不过，现在那条路走不了了，只能走吊桥。

"不行！绝对不行的……"

伸介恐高，这对他来说简直是酷刑。而且，吊桥还来回晃悠，就算他有勇气走过去，那么精细的模型也支撑不住，肯定会被弄得七零八落。

伸介为难极了，抱着模型，一步也跨不出去。村民们没注意到伸介的样子，在他身后说：

"伸介，拜托你了！"

伸介正想对他们说"不行的"，突然，一阵

欢快的音乐传来。

随后出现在山路上的是一群手持乐器的人。他们全都穿着盛装,腰间系着黄色的腰带,身穿精美华服的拓真也在其中。

"是琥珀村的那些家伙!"

"他们怎么会在这里!"

青玉村村民吵嚷起来。

另一边,琥珀村村民也注意到了青玉村村民,顿时皱起了眉头。

"青玉村的那些家伙怎么会在这里?哎哟,如果不敢过吊桥,那就把路让开。"

"就是,我们接下来还要给龙神献舞呢。拓真,准备好了吗?"

青玉村村民虽然怒气冲冲,却也只能把路让开了。

拓真从人群中走到前面,然后,琥珀村村民

演奏起更加欢快热闹的音乐。

拓真的表现确实让人佩服。他看着吊桥，丝毫没有畏惧，而且，竟然合着音乐的节拍，像蝴蝶一样翩翩飞舞着，走上了吊桥。

哪怕是对舞蹈不甚了解的伸介看了，也觉得拓真的动作很优美，就像精灵在跳舞一样，这样的舞蹈龙神肯定喜欢。青玉村村民一脸懊恼。

"有什么好炫耀的！要是我们的模型能在龙神面前展示，他们那支舞蹈根本不值一提。"

"伸介，琥珀村要抢在我们前面了。如果你不去的话，我们就输了。"

"可是，就算我从吊桥上走过去了，我们的模型也会被弄坏的。"

伸介急得想哭。

要是他当时没有那么冒失地说"我来把模型送到龙神祠"就好了。

看着拓真轻松的样子，伸介鼓足勇气，慢慢靠近吊桥。

但他知道，只要他的脚踏上吊桥，一切就完了：他的身体会失去平衡，接着模型也会掉下去。

伸介的脑海中清晰地浮现出自己狼狈的样子，不禁"啊——"的一声尖叫起来。

这时，有人突然拿走了伸介手中的模型。

伸介抬头一看，是拓真。

"拓……拓真？"

"交给我吧，这次我绝对不会弄坏的。"

拓真说完，再次走上吊桥，手里抱着青玉村的模型……

现场一下子安静下来。青玉村村民惊得目瞪口呆，琥珀村村民也一脸惊诧地停止了演奏。

拓真感受到了周围的目光。尽管这让他感到心烦，但他还是小心翼翼地向前走去。

他赶走脑海中的杂念，一心想"千万不能弄坏，千万不能让它掉下去，一定要把模型安全地送到对面"。

别的事情拓真都不在乎，因为他已经决定了

要帮伸介。

昨天,伸介帮了他。多亏伸介画的漂亮图案,他提前吃了月琥珀,又把衣服弄脏了的事才没被村里人察觉。甚至,有人夸赞说,加上去的图案跟衣服很相配,还夸拓真厉害。

所以,拓真想好了,下次伸介需要帮忙的时候,他一定要伸出援手。

现在,正是伸介需要他帮助的时候。

拓真小心翼翼地保持着身体平衡。

"没事的,我能做到。

这就像走钢丝一样,手里的模型就像易碎的鸡蛋。不能弄坏了,一定要集中精力。"

他一边在心里提醒自己,一边往前走去。

因为拓真手里抱着模型,所以走吊桥变得更加艰难。

好在他天生擅长运动,又穿着天舞鞋,最终顺利地通过了吊桥。

拓真松了口气,仔细地察看模型,外面哪儿都没碰坏,里面也都好好的。

"做得太好看了,龙神一定会喜欢!"

拓真一边感叹着,一边抬起头。

他的眼前是一棵高耸的大树,树干蜿蜒盘旋而上,仿佛一条冲向云霄的巨龙。树根旁边是一座石砌的龙神祠。

拓真将模型轻轻地放在龙神祠前面。

他回头看去,琥珀村村民正愤怒地瞪着他,

这是拓真意料之中的。不过，为什么受到帮助的青玉村村民也一脸生气的样子呢？

拓真还在困惑时，对面各种各样的喊声已经传了过来。

"你在想什么？竟然去帮青玉村！"

"青玉村是我们的死对头，你帮他们是要卖弄自己的本事吗？"

听着大家的叫嚷，看到原本那么亲切的琥珀村村民变成了这样，拓真觉得很伤心。就连青玉村村民也说他多管闲事，这也令他感到难过。

渐渐地，拓真心里的怒火也涌了上来。

"我为什么要被他们这么说？我又没干什么坏事！"

拓真正想开口反驳时，一个响亮的声音让现场的空气凝固了。

"够了！"

伸介大喝一声。他像要保护拓真一样，站在吊桥前，瞪着面前的村民们。他
的脸因为愤怒而涨得通红，眼睛里泛着泪水。

"是我有困难，拓真才帮我的。为什么要责怪他？！"

听了伸介的话，拓真也一下子有了勇气。

原来伸介跟他想的一样，真是太好了。

拓真不禁笑了起来，将自己的心声也吐露了出来。

"就是！伸介是我的朋友，我帮助朋友难道有错吗？"

听了两人的话，村民们安静了下来。

"说得太好了！"

突然，一个清亮的童音传来。

拓真和伸介，以及两个村子的村民一起看向声音传来的方向，一个个都瞪大了眼睛。

龙神祠前面站着一个男孩。他看上去五岁左右，很壮实。他身上穿的衣服很特别，上面覆满了翡翠色的鳞。他的眼睛清秀细长，眼珠是金色的。他的头发是银色的，头上长着一对像鹿一样的角，两条胳膊上各停着一只猫头鹰。那两只猫头鹰全都一脸若无其事的样子。

"啊，小金。"

"小银，你怎么会在那儿？"

拓真和伸介同时开口说道。

这时，不知是谁惊呼了一声：

"龙……龙神……"

村民们纷纷向龙神行礼。

"龙神？这个小男孩是龙神？！"

拓真和伸介满脸震惊。正当他们准备跟大家一样行礼的时候，龙神拦住了他们。

"哦，来自异世界的两位客人，你们不必如此。若不是有你们，我恐怕永远都没有机会说出真相。"

"说出真相？"

龙神点点头，继续说道：

"一百年前，我的力量确实不足以同时帮助两个村子，所以才让大家举办龙神节比赛。人们发自内心的祈愿、作品中蕴含的诚意，都是我身体成长所需要的能量。从这个意义上来说，两个村子都做得很好。在这些能量的滋养下，这一百年来我不断成长，如今我早已拥有足够强大的能量，能够同时帮助两个村子。"

"啊？那就是说琥珀村和青玉村没必要再互相竞争了？"

"确实如此。但是,我没法告诉他们,因为他们愤怒的情绪和对彼此的仇视变成了枷锁,将我的身体困住了。"

拓真和伸介的到来,他们俩互帮互助的心意,将这道枷锁斩断了。

龙神无奈地叹了口气,对村民们说:

"你们竟然斗争了一百年!今后,若你们能像这两个孩子一样和好,齐心协力,我就可以变得更强大,能够更好地帮助你们。"

"我们愿意和好!"

"我们今后一定好好相处。"

……

"嗯,我还有很多话

要对村民们说，就不必让来自异世界的客人一起陪着听了。两位猫头鹰大人，该你们出场了。"

听了龙神的话，小金和小银使劲点了点头。

"是！"

"请交给我们。这位旅客，我们要返程了。"

"但是，小银，就我自己能回去的话，我不会走的。"

伸介说完，拓真也点点头，说道：

"就是，小金，我要跟伸介一起。"

"当然是一起回去。"

"啊？"

"哎呀，你们还没明白吗？"

小金和小银笑了起来。

"两位旅客都完成了任务。你们都帮助了所在的村子，让他们获得了龙神的帮助，所以，你们两个都可以回去。当然，我们也是。"

"呵呵,我们俩演得怎么样?我说我和姐姐为了不分开,要一起留在这个世界,你居然真的相信了?"

"那……山体滑坡是……"

"我们想让你俩更加诚实地面对自己的内心,所以去请龙神帮了下忙。"

"呵呵,你们终于和好了。怎么样?我们的'助攻'不错吧?"

拓真和伸介你看看我,我看看你——也就是说,他们都被小金和小银骗了?

这时,小金和小银一下子从龙神的胳膊上跃起,朝着拓真和伸介的方向飞了过来。一瞬间,两人被光包围了。

太刺眼了!什么也看不见!

两人不由得将手紧紧地握在一起。

"两位旅客,欢迎归来!旅途愉快吗?"

突然响起的声音，让两人都愣了一下。

不知何时，他们所处的环境变了模样。龙神、两个村子的村民，还有长在山峰之上的大树，全都消失不见了。

他们身在一家小店里，店里放着一台巨大的"地球仪"，墙上贴满了各种宣传海报，而且内容都很奇特。他们面前站着的是那位名叫范瑙终杰者的老爷爷。他的脸长得像猫头鹰一样，此时他正笑眯眯地看着他们。

这里是解忧旅行社！那就是说，他们回到了原来的世界。两人身上的衣服已经变回原来的样子，这也证明他们真的回来了。

"咦，那小银呢？"

"小金也不在。它们去哪儿了？"

"哈哈哈。不用担心那两只鸟儿。倒是你们俩，烦忧解除了，对吧？"

听了范瑙终杰者的话,伸介和拓真你看看我,我看看你,然后一起笑了起来。

没错,烦忧解除了,因为他们已经和好了。

"嗯,解除了!"

"谢谢您!"

"哈哈哈。能让旅客满意,是我最大的荣幸。好了,你们可以回去了。"

范瑙终杰者目送两人走出小店。拓真和伸介边走边聊,讲了许多事,比如在各自的村子都做了哪些事,吃了哪些东西。他们有说不完的话,而且能像这样聊天让他们觉得很开心。

说到练舞的时候,拓真耸了耸肩。

"说起来有些遗憾,其实我挺想在龙神面前表演舞蹈的,因为我练得特别刻苦。"

"嗯,我也很想看。下次跳给我看看吧。"

"不行,没有天舞鞋了,我跳不起来。"

"哦……不过,拓真你还蛮适合女孩子的打扮的。在青玉村河滩上的时候,我一开始都没认出你来。"

"女孩子的打扮?"拓真一脸茫然,"你说什么呀?"

"你穿的那件华丽的衣服哇,前面弄脏了的那件……你自己没发现吗?"

"没……没发现。啊?那个是女孩子的衣服吗?是吗?哎呀呀!"

拓真跳起来喊道。

伸介扑哧笑了起来。

"不准笑,你这家伙!"

"抱歉!不过,那件衣服怎么看都是女孩子的,还有那顶假发也是,你竟然没发现。哈哈!哈哈哈!"

"我说了,不准笑!啊,你别跑!"

"哈哈哈哈哈!"

伸介还在笑个不停。拓真朝他飞扑过去……

尾声

拓真和伸介离开后,范瑠终杰者在门口挂上"今日休息"的牌子,便连忙往里屋走去。里屋有一张圆桌,桌子上放着满满一盆月琥珀,还有被仔细地端放在小盘子上的一颗星天玉。另外,还有两根长耳鸦尾巴上的羽毛立在笔筒中。

范瑠终杰者泡着茶,愉快地眯起眼睛。

"哈哈哈,今天的甜点太奢华了。月琥珀和星天玉,两样都是我的最爱。虽然星天玉只有一颗,有点儿遗憾,不过,月琥珀有这么多,不错不错。最重要的是这两样要一起吃,哈哈哈,听说这样一整年都能无病无灾。"

范瑙终杰者坐下来，赶紧拿起月琥珀大快朵颐起来。他一边吃着，一边对两根羽毛说：

"你们俩也辛苦了。一会儿再好好听你们讲那两位旅客发生的故事。嗯？你说什么，小银？下次为旅客做向导的时候要跟小金一起，要不然就没干劲？哎呀，我们店的店员太任性了。唉，知道了，知道了。小银，你别那么生气。先让我好好享受这些美味，等吃完了我再想想办法。"

说完，范瑙终杰者慢悠悠地喝起茶来。

图书在版编目（CIP）数据

龙神争夺对战记 / (日) 广岛玲子著；(日) 小松真也绘；王昕昕译. —— 青岛：青岛出版社, 2024.
ISBN 978-7-5736-2531-1

Ⅰ. I313.45

中国国家版本馆CIP数据核字第2024FK8514号

Text copyright © Reiko Hiroshima 2024
Illustrations copyright © Shinya Komatsu 2024
First published in Japan in 2024 under the title
"TROUBLE TRAVEL
Hakunetsu no ryujin-matsuri"
by KIN-NO-HOSHI SHA Co., Ltd.
Simplified Chinese translation rights arranged with
KIN-NO-HOSHI SHA Co., Ltd. through
Future View Technology Ltd.
All rights reserved.
山东省版权局著作权合同登记号 图字：15-2024-122号

LONGSHEN ZHENGDUO DUIZHAN JI

书　　名	龙神争夺对战记
丛 书 名	解忧旅行社
著　　者	[日] 广岛玲子
绘　　者	[日] 小松真也
译　　者	王昕昕
出版发行	青岛出版社
社　　址	青岛市崂山区海尔路182号（266061）
本社网址	http://www.qdpub.com
邮购电话	0532-68068091
责任编辑	吴欣欣　王湘浦
装帧设计	桃　子
印　　刷	青岛乐喜力科技发展有限公司
出版日期	2024年9月第1版　2024年12月第3次印刷
开　　本	32开（920 mm×1240 mm）
印　　张	4.75
字　　数	54千
书　　号	ISBN 978-7-5736-2531-1
定　　价	33.00元

编校印装质量、盗版监督服务电话　4006532017 0532-68068050